CONSIDÉRATIONS

SUR

L'ENSEIGNEMENT DES SCIENCES NATURELLES

EN FRANCE

PAR

M. l'Abbé BOULAY

Professeur aux Facultés Catholiques de Lille

III

ENSEIGNEMENT SUPÉRIEUR

LILLE

CHEZ B. BERGES, LIBRAIRE

2, RUE ROYALE, 2

1889

QUESTIONS D'ENSEIGNEMENT

DE L'ÉTUDE DES SCIENCES NATURELLES

DANS L'ENSEIGNEMENT SUPÉRIEUR

PAR

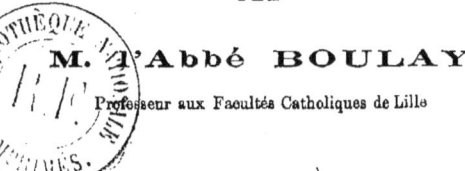

M. l'Abbé BOULAY

Professeur aux Facultés Catholiques de Lille

(Extrait du Contemporain)

LILLE

CHEZ B. BERGES, LIBRAIRE

2, RUE ROYALE 2,

1883

DE L'ÉTUDE DES SCIENCES NATURELLES

DANS L'ENSEIGNEMENT SUPÉRIEUR

Pour tout esprit non prévenu, le fait capital, dans l'histoire de l'enseignement supérieur en France, au XIXe siècle, sera la création des Universités libres. Si quelques personnes s'étonnaient, ou même s'indignaient de cette affirmation formulée en termes explicites, la lecture des pages suivantes les ramènerait sans aucun doute à des impressions moins défavorables ; les faits rappelés dans ces lignes n'ont pas cessé d'être vrais depuis 1879 ; loin de là, ils se sont multipliés et ont pris une force bien plus démonstrative.

« Les Universités et les écoles libres ne rendent point seulement des services directs à la science ; elles lui en rendent encore d'indirects, en stimulant au progrès, par l'émulation, les Facultés et les écoles officielles.

« Il faudrait être aveugle pour nier que la naissance des Universités libres ait été le signal du réveil dans l'enseignement supérieur officiel. Il suffit, pour s'en convaincre, de relire d'abord les tristes aveux et les doléances que les meilleurs amis de l'Université, notamment M. Paul Bert, ont laissé maintes fois échapper jusqu'en 1875 ; puis de parcourir les lois de finances depuis quatre ans et le recueil des actes du ministère de l'instruction publique depuis la même époque. Des Facultés nouvelles ont été créées. Le nombre des chaires et des cours a été partout augmenté. Ainsi, dans les Facultés de Droit, on a érigé les chaires de droit criminel et d'économie politique, on a multiplié les cours complémentaires, et rien n'est plus instructif que de comparer l'affiche antérieure à 1875 et l'affiche actuelle d'une même Faculté de province. Dans les Facultés des Sciences, le nombre des professeurs a été porté de quatre ou cinq à six ou sept, les épreuves du doctorat ès sciences ont été rendues plus sérieuses par la réunion dans une sorte de jury mixte des professeurs compétents de deux Facultés officielles. Dans les Facultés de Médecine, on a enfin organisé les travaux pratiques, sans lesquels il n'y a pas d'études médicales sérieuses. On a créé dans toutes les Facultés des conférences et des maîtres de conférences. Le traitement des professeurs a été porté à Paris de 12,000 à 15,000 fr. et en province le maximum a été élevé de 8,000 à 11,000. On a renouvelé presque partout le matériel, enrichi les bibliothèques, acheté des instruments ; on a assuré aux Facultés des Lettres et des Sciences un minimum d'élèves, en créant trois cents bourses d'enseignement supérieur. En un mot, on a puisé à pleines mains dans la caisse publique pour fortifier l'enseignement supérieur officiel, et l'argument décisif qui a toujours enlevé les crédits nouveaux, c'est qu'il ne fallait pas se laisser dépasser par l'enseignement libre. M. le Ministre s'écriait naguère avec orgueil : « La République a fondé le budget de l'enseignement supérieur. » Il se trompait : c'est la liberté de l'enseignement qui a fondé le budget de l'enseignement supérieur (1). »

Cependant, malgré l'importance des progrès réalisés dans les Facultés officielles, c'est bien dans l'existence même des Universités catholiques qu'il faut voir le trait saillant et caractéristique de notre époque. La vitalité et la générosité de la sève catholique se sont en effet affirmées de nos jours sur cette question des écoles supérieures, d'une façon mémorable. Dans un pays où les charges publiques deviennent de plus en plus écrasantes, un groupe de citoyens a prélevé librement sur ses ressources, sans espoir de retour, des sommes que l'on ne peut pas évaluer dès ce moment à moins de vingt-cinq ou trente millions. Ils ont fondé quinze ou seize Facultés ne comptant pas moins de 160 à 170 professeurs docteurs ou au moins licenciés. Dans un intervalle de quelques années, des constructions imposantes sont sorties de terre comme

(1) *Observations présentées à MM. les sénateurs et députés, au nom des principes et des intérêts de la science, par le corps enseignant de l'Université catholique de Lille, au sujet du projet de loi contre la liberté de l'enseignement supérieur*, p. 23, Lille, 1879.

par enchantement ; des laboratoires ont été créés et richement outillés ; des bibliothèques, comptant plus de 50,000 volumes, ont été formées ; des collections scientifiques ont été réunies, classées et complètement organisées. Plusieurs de ces collections l'emportent sans aucun doute sur celles de même genre qui existent dans un certain nombre de Facultés officielles comptant trente ou quarante ans d'existence.

Tant d'efforts n'ont pas réussi à garantir intact aux institutions nouvelles un minimum de droits nécessaires ; cependant nos Facultés restent debout ; si restreint que soit le terrain de la liberté, il faut songer à l'occuper solidement et à tirer parti des biens qui nous restent. C'est le meilleur moyen d'agrandir notre héritage. Il n'est pas possible, en effet, que dans un pays où les sentiments généreux finissent par avoir tôt ou tard leur jour de triomphe, les sacrifices énormes accomplis en faveur des Universités catholiques n'aboutissent, dans l'avenir, à des résultats considérables.

Mon but, limité comme dans les articles précédents (1), à l'étude des sciences naturelles, n'est pas d'exposer longuement des détails techniques, mais plutôt de donner aux personnes qui s'intéressent au succès de l'œuvre commencée des aperçus généraux sur des questions qui n'ont pas jusqu'ici obtenu l'attention qu'elles méritent.

Les conditions d'existence de la section des sciences naturelles au sein des Facultés catholiques, l'organisation intérieure de cette section, le recrutement de ses élèves, les travaux scientifiques des professeurs, forment les principaux jalons de cette esquisse.

1

On sait que, dans notre pays, les Facultés des Sciences comprennent trois sections : les sciences mathématiques, physiques et naturelles. Ces trois sections, de fait, sont complètement indépendantes au point de vue de l'enseignement, car elles ont chacune leurs programmes de licence et leurs conditions d'admission aux grades, sans qu'il y ait de partie commune, à l'exception du baccalauréat exigé à l'entrée.

(1) *Lettres chrétiennes*, sept.-oct. 1882, et *Contemporain*, janvier 1883.

La collation des grades universitaires se rattache à deux idées générales ou comporte deux degrés dont la valeur est à peu près partout la même, malgré des divergences de détail ou des nuances dans l'application. Un premier grade de licencié ou de maître est accordé au candidat qui, ayant suivi les cours de la Faculté, fait preuve d'une aptitude suffisante à coordonner et à reproduire les connaissances acquises sur les bancs de l'école, tandis que le grade supérieur, celui de docteur, suppose un talent plus personnel et une certaine puissance d'invention, justifiée par des travaux d'un mérite incontestable (1). En d'autres termes, il semble juste de dire que le grade de licencié est le couronnement naturel des études supérieures bien faites, et que, d'autre part, la force et l'extension de ces études sont réglées par les programmes d'examen.

Ces questions de programmes et d'examen se prêtent, plus encore dans l'ordre supérieur que dans l'ordre secondaire, à des aperçus très variés. Je n'ai pas la pensée même de les effleurer tous ; je me bornerai à quelques remarques, les unes théoriques, les autres pratiques.

Si on ne voulait voir que les connexions multiples et incontestables qui relient entre elles toutes les sciences, on se trouverait conduit à blâmer un tel morcellement. Cependant, malgré l'importance de ces connexions, et par suite l'utilité qu'il y aurait à enchaîner l'enseignement des trois sections scientifiques par des cours communs à plusieurs catégories d'étudiants, il ne faut pas perdre de vue une considération de premier ordre, la nécessité de rendre possible l'admission aux grades sans prolonger les études outre mesure, tout en maintenant le niveau de l'examen. Il est de toute évidence, en effet, que la somme des connaissances exigibles ne pouvant pas subir d'augmentation notable, tout développement nouveau en surface, c'est-à-dire toute extension du programme à des matières nouvelles serait pris sur la profondeur.

Quand on parcourt avec quelque attention les programmes de zoologie, de botanique et de géologie fixés pour l'examen de licence ès sciences naturelles, on se convainc aisément de l'étendue des connaissances dont le candidat est appelé à faire preuve, et par suite de la nécessité pour réussir d'une longue et sérieuse

(1) Cf. Ludw. v. Rœnne : *Das Unterrichtswesen des Preussischen Staates*, *II*, *Hœhere Schulen*, p. 482.

préparation. Ce serait donc mal à propos que l'on chercherait à étendre le programme dans la direction soit de la chimie, soit des mathématiques, malgré des relations évidentes. On ne peut que laisser à l'initiative et au goût spécial des jeunes savants le soin de compléter leur formation intellectuelle en vue du but qu'ils se proposent. Ces lacunes servant de limite à des sections voisines constituent d'ailleurs un fonds de réserve où fréquemment les futurs docteurs vont chercher l'objet de leurs thèses.

Cependant les écoles catholiques appellent un complément qui me semble tout à fait nécessaire. Malgré la force des observations qui précèdent, il faut s'y préoccuper du contact incessant des sciences naturelles avec la philosophie et la théologie. « Tout savant est philosophe à ses heures », a dit un controversiste moderne (1) avec une certaine pointe d'ironie qui n'enlève rien à la justesse de l'observation. Nous dirons plutôt que tout vrai savant doit être philosophe et doit l'être, non pas seulement à ses heures, mais toujours, de la même façon et au même titre que tout philosophe, d'après l'estimable auteur que nous citons, est tenu de posséder les données essentielles des sciences expérimentales et d'observation.

La différence entre le savant *philosophe* et le philosophe *savant* n'est pas dans la nature des choses, mais dans la seule prédominance accordée par le spécialiste à l'objet particulier de ses études. La science elle-même est une et de sa nature inévitablement philosophique. Dire que les «sciences expérimentales doivent borner leurs recherches à l'étude des phénomènes », c'est condamner les savants à n'enregistrer une à une que des constatations empiriques, sans leur permettre d'unir jamais ces éléments par une conclusion rationnelle; c'est imposer à ces sciences la méthode positiviste. Nous croyons, au contraire, que les sciences expérimentales ne valent que par les propositions générales qu'elles ont su abstraire des faits particuliers à l'aide de leurs méthodes, qui toutes sont philosophiques et comportent, à chaque instant, l'usage du raisonnement sous ses formes les plus diverses. Etre géologue, botaniste, zoologiste, c'est être philo-

_____

(1) M. l'abbé A. Arduin : *La Religion en face de la Science; Cosmogonie*, 3ᵉ édition, p. 283-285. Le travail très remarquable de M. l'abbé Arduin est une œuvre de polémique; l'auteur s'est proposé de combattre certains savants ou soi-disant tels, pour qui la science n'est qu'un prétexte d'attaques passionnées contre la religion; s'il s'était proposé d'étudier la coordination ou la synthèse des sciences, il se serait exprimé sans doute autrement dans le passage indiqué.

sophe, mais ce n'est pas assez. Cherchez, dirons-nous à nos
étudiants, dans les domaines scientifiques confinant ceux que
vous explorez, à quels résultats généraux la science est arri-
vée; appliquez-vous à coordonner [ces conclusions dans une
synthèse rigoureuse. Sans prononcer d'exclusion d'aucune sorte,
faites appel à la métaphysique, à la science purement rationnelle; elle ne vous donnera sans doute pas toujours toute
la lumière désirable sur les causes des phénomènes, sur la nature
intime de la substance qui en est le siège (1), mais vous y trou-
verez des vues nouvelles, des principes élevés, des préceptes
utiles pour la direction de votre esprit dans l'emploi même de
vos méthodes spéciales.

Cette coordination des sciences particulières en une vaste synthèse n'est réalisable que très partiellement dans chaque intelligence prise en particulier : elle reste le type et le but des Universités où chaque Faculté explore sans doute *ex professo*, dans
le domaine scientifique, un champ d'une certaine importance,
mais sans y être complètement abandonnée à elle-même, car la
présence à ses côtés des Facultés sœurs lui rappelle à chaque
instant l'élévation du but et la nécessité d'efforts mis en commun. Il y a dans cette solidarité une puissante garantie contre
l'égoïsme et les tendances mesquines trop naturelles chez les
travailleurs isolés.

La perturbation profonde jetée par la Révolution dans les idées,
non moins que dans l'ordre matériel, l'influence désastreuse du
monopole, ont étouffé, en France, ces notions, qui doivent régler
la véritable expansion de la vie intellectuelle, tandis que nous
les trouvons réalisées dans les faits chez les nations qui ont su
conserver l'héritage du passé. C'est ainsi, par exemple, qu'en
Allemagne, les sciences et les lettres constituent une faculté qui
prend le nom significatif de *Faculté de philosophie*. De plus, des
circulaires ministérielles ont rappelé, dans ce pays, à plusieurs
reprises, ux professeurs de la Faculté de philosophie la nécessité de consacrer tous les ans des cours à l'exposition de l'*Ency-
clopédie et de la méthodologie des sciences naturelles*, questions
éminemment philosophiques (2).

La pensée de condamner les professeurs de sciences expérimentales à ne faire que constater des phénomènes trouve une

(1) Cf. Liberatore : *Instit. philosoph.*, éd. x, I, p. 162.
(2) V. Rœnne : *Das Unterrichtswesen*, II, p. 514.

excuse ou une explication, pour un philosophe, dans les asser-
tions monstrueuses de certains naturalistes à l'occasion de la
philosophie. M. de Lanessan, par exemple, se figure qu'il dit des
choses extraordinairement remarquables quand il débite des
propos comme ceux-ci : « La puissance religieuse qui, après
avoir invoqué Jupiter ou Brahma, nous menace de Jéhovah ou de
Dieu, sait bien que son trône croulera, comme ceux des despotes
de la terre, le jour où l'homme, ayant découvert les propriétés
de la matière et sa constitution, pourra en réaliser la synthèse
après en avoir fait l'analyse. Elle sait que l'observation tue la
foi. Elle a peur de cette force rivale (1). » Plus récemment,
M.Jousset de Bellesme disait avec une conviction naïve : « Les
règles de Descartes avaient mis à néant l'ancienne métaphysique ;
le déterminisme de Cl. Bernard a donné le coup de grâce à la
philosophie en général, en montrant qu'il ne faut pas donner
aux spéculations de notre esprit la même valeur qu'aux faits, et
qu'en dehors de ces derniers on ne peut bâtir que sur du
sable (2). » Ces excès de langage prouvent mieux que tout le reste
combien il est dangereux de développer dans une intelligence,
par une méthode exclusive, certaines facultés en dehors d'une
culture générale et sans leur donner pour boussole les préceptes
de la logique.

Au point de vue religieux, la même question se représente
dans des conditions tout à fait analogues. Si, à la rigueur, les
éléments du catéchisme peuvent suffire à l'ouvrier absorbé par
un travail manuel, il ne saurait en être de même pour les
hommes qui ont voué leur vie tout entière à la recherche des
vérités scientifiques. Toutes les sciences, et en particulier les
sciences naturelles, ont des points de contact avec la théologie.
La précipitation de certains savants à l'esprit léger qui nient
tout ce qui leur déplaît pour des motifs qui souvent n'ont rien de
commun avec la science, a provoqué parfois des répliques non
moins fâcheuses. De là des conflits entièrement personnels et qui
ne portent pas en réalité sur le fond des choses (3).

(1) *Revue internationale des Sciences*, 1878, t. I, p. 159.
(2) *Ibid.*, 1882, 15 nov.
(3) On pourrait comparer, jusqu'à un certain point, pour la fausseté des idées, les
Conflits de Draper et les *Études de cosmogonie* du P. Laurent; la différence toutefois
est grande. Les erreurs du premier de ces auteurs sont volontaires; il a soif de
mordre et de nuire; peu lui importent le mode et les moyens ; tandis que le second,
trompé par des études seulement théoriques et par des lectures mal choisies, mérite,
dans une certaine mesure, le bénéfice des circonstances atténuantes.

Une connaissance un peu plus étendue et surtout plus exacte de la doctrine de l'Eglise préviendrait chez les savants bien des malentendus, bien des erreurs et des expressions regrettables qui déparent des ouvrages d'ailleurs méritants. Les pratiques éhontées de certain journalisme moderne ont plus ou moins altéré dans les esprits les plus droits des notions qui portent cependant le cachet de la plus palpable évidence. C'est ainsi, par exemple, que tout homme instruit, et plus encore tout homme occupé d'études spéciales, connaissant la rigueur des procédés scientifiques, se garde soigneusement de formuler une opinion sur des questions qu'il n'a pas étudiées ; dans ces cas, il ne manque jamais de se récuser et d'avouer son incompétence. S'agit-il de religion, de questions théologiques aussi profondes qu'importantes dans leurs conséquences, vous voyez les mêmes hommes trancher d'un mot, sans étude préalable, les difficultés les plus graves, et rejeter des dogmes sans même connaître le sens exact des termes qui leur servent de formule.

D'autres enfin, et parfois des catholiques, vont de l'avant dans leurs études particulières, sans se demander si leurs opinions du moment se trouvent, ou non, d'accord avec les doctrines religieuses. On les voit avec stupeur s'éprendre parfois d'enthousiasme pour des théories dont la fortune n'a d'autre explication qu'un mot d'ordre parti des loges maçonniques.

Ces considérations justifient bien, si on veut les approfondir, la nécessité d'un haut enseignement compacte, où l'on trouve, associé aussi intimement que possible à tous les autres enseignements, celui de la philosophie et de la théologie. Quand ces idées auront porté leurs fruits, quand les élèves de nos Facultés auront pris soin non seulement de réussir à leurs examens devant les jurys officiels, mais encore d'affermir leurs convictions religieuses et de faire ainsi régner la paix dans leur intelligence, nous aurons des hommes vraiment instruits, incapables surtout d'affligeantes palinodies.

II

Les programmes officiels sollicitent encore notre attention à un autre point de vue plus pratique : celui des examens.

Aussitôt après la promulgation de la loi sur la liberté de l'enseignement supérieur, ou mieux dès que les facultés libres furent en voie d'organisation, les programmes pour les examens de la licence ès sciences, spécialement ès sciences naturelles, furent remaniés et rendus notablement plus difficiles. Cependant la nouvelle rédaction ayant été confiée à des hommes sérieux, ces programmes ne prêtent le flanc qu'à des critiques de détail; disons plus, ils méritent tout éloge par le cachet d'impartialité et d'élévation dont ils portent la trace. Ils contrastent vivement, par la correction de l'ordonnance générale et la juste proportion des détails, avec l'incohérence des programmes du baccalauréat pour la partie des sciences naturelles.

Le texte des programmes ne soulevant aucune difficulté, leur interprétation et leur application seules peuvent être mises en cause.

Éliminons d'abord les questions de personnes et de tendances, et supposons que tous les membres des jurys d'examen soient équitables; il reste pourtant à examiner ce que doit être le niveau moyen de l'examen ou le degré de force d'un candidat pour avoir des chances sérieuses de succès.

Si nous prenions comme terme de comparaison ce qui se passe dans certaines Facultés officielles, nous saurions que des étudiants peuvent se présenter aux examens pour la licence ès sciences naturelles et réussir après deux années d'études partagées entre les exigences des deux Facultés de médecine et des sciences. Nous saurions également qu'il suffit d'avoir suivi attentivement les cours des professeurs de la section pour avoir la certitude de n'être interrogé que sur les matières exposées dans ces cours, même quand de nombreuses questions figurant au programme n'auraient pas été traitées, et même quand l'un des cours de botanique ou de géologie n'aurait été traité que très superficiellement.

Les candidats sortis des Facultés libres ne peuvent compter sur aucun de ces avantages, sur aucune de ces simplifications si appréciées des étudiants; ils doivent s'attendre à être interrogés sur toutes les questions inscrites au programme. D'autres désagréments les attendent à l'examen. On a dit, en effet, avec beaucoup de justesse, que « le professeur interroge avec ses idées, avec sa doctrine, avec son tour d'esprit, avec sa méthode, avec son langage. Les élèves qu'il a formés l'entendent au premier mot, l'entendent à demi-mot; ils lui répondent selon ce qu'il leur a

enseigné, et ces réponses où il se retrouve lui-même le satisfont.
De là la boule blanche. Les candidats formés par un autre enseignement d'une valeur égale, mais d'un tour d'esprit différent,
entendent moins vite ses questions, y répondent non selon sa
doctrine, mais selon celle qu'ils ont reçue; et ces réponses, plus
ou moins éloignées de ses propres opinions, lui semblent mau-
vaises; de là la boule rouge ou la boule noire. Le privilège est
énorme pour les uns, le désavantage énorme pour les autres,
non par la volonté de l'homme, mais par le vice de l'institution (1). »

En retour, on peut conclure de ces observations que si les difficultés de l'épreuve sont plus grandes, le succès devient plus
méritoire; que, toutes choses égales d'ailleurs, les diplômes
conquis par les élèves des Facultés libres supposent des études
plus complètes et plus approfondies, qu'ils excluent l'hypothèse
de la faveur et de chances diverses.

Jusqu'ici l'enseignement des sciences naturelles n'a pas eu de
traditions établies et bien reconnues, en France. Les professeurs
de la plupart des Facultés de province n'ayant pas d'élèves assidus,
poursuivant comme but commun de réussir dans un examen
de fin d'études, ont cherché le plus souvent à se faire un auditoire
en traitant des questions intéressantes à divers titres de science
vulgarisée ou de science locale. Aucun texte de loi, aucune cir-
culaire ne les obligeant à exposer toutes les questions du programme dans un nombre d'années ou de leçons déterminé, ils
sont libres de suivre leurs préférence. Tel professeur de zoologie,
partisan convaincu du transformisme, n'exposera dans son cours
que les thèses ayant quelque rapport avec ses idées favorites, ne
traitera, par exemple, que de quelques groupes d'animaux infé-
rieurs, des vers en particulier. Ailleurs, un autre professeur se
contentera d'amplifier pendant des années les premiers résultats
consignés dans sa thèse inaugurale.

Je n'ai pas l'intention d'examiner plus amplement la question
de savoir si les cours, dans les Facultés officielles, ne devraient pas
être plus strictement préparatoires à la licence qu'ils le sont en
général, ni si les vues et les travaux personnels des professeurs
ne feraient pas mieux l'objet de conférences spéciales. Mais il est
utile de dire que, depuis la suppression des jurys mixtes, les

(1) M. A. de Margerie : *Les Universités catholiques et le projet de loi sur la liberté de
l'enseignement supérieur*, 1879, p. 19.

élèves des Facultés libres devant subir leurs examens devant les
Facultés de l'Etat, ont le droit de n'être interrogés que confor-
mément au texte du programme, en dehors des théories propres
à certains professeurs, lorsque ces théories n'ont pas acquis dans
la science une autorité qui s'impose.

La liberté n'aurait rien à gagner aux nouvelles combinaisons
imaginées par M. de Lacaze-Duthiers et dont il a été déjà question ici même (1). On se rappelle, en effet, que le savant professeur
de la Sorbonne propose d'établir des baccalauréats spéciaux, un
baccalauréat ès sciences mathématiques et physiques et un baccalauréat ès sciences physiques et naturelles. Ces baccalauréats
auraient l'inconvénient d'amener une fois de plus les candidats
devant les jurys officiels. L'organisation de ce système, dans les
circonstances actuelles, causerait d'ailleurs une perturbation
profonde dans les études. Il serait à craindre que, sous prétexte
de réformer l'enseignement secondaire, on ne ruinât l'enseignement supérieur.

III

Le but pour les Facultés libres étant de préparer leurs élèves
aux grades comme si elles devaient les leur conférer elles-
mêmes, étudions ce que doit être l'organisation intérieure de
l'enseignement dans la section des sciences naturelles. Le programme embrasse trois séries de questions, ou, en réalité, trois
sciences étendues et relativement indépendantes : la zoologie,
la botanique et la géologie; c'est dire assez que trois professeurs au moins sont nécessaires. Si l'on admet, à la rigueur, que le
même professeur puisse posséder deux de ces sciences à un
degré suffisant pour les enseigner aux candidats à la licence, le
temps lui fera matériellement défaut pour remplir une tâche trop
lourde. Ce nombre de trois professeurs doit donc être considéré
comme un minimum. La plupart des Facultés officielles de province n'avaient sans doute, jusqu'à l'année 1875, date de la loi sur
la liberté de l'enseignement supérieur, que deux professeurs de
sciences naturelles ou même un seul ; mais il faut dire aussi que
cette section n'avait point d'élèves ; le défaut d'élèves était rigou-

(1) *Revue scient.* nᵘ 11, 18 mars 1882, p. 337, et n° 3, 15 juillet, même année,
p. 66; *Contemporain,* janvier 1883, p. 144.

reusement corrélatif au défaut de professeurs. Il est même à désirer que les professeurs ordinaires soient aidés dans le travail de préparation immédiate aux examens par des maîtres de conférences déjà licenciés; dans l'intervalle, les étudiants, s'ils ont de l'initiative et de la bonne volonté, peuvent se suffire par des répétitions mutuelles, car, il faut bien le dire, la science ne s'acquiert que par un travail personnel.

Si, comme on le pratique à Lille, chaque professeur fait deux leçons par semaine et achève son cours en deux ans, on arrive à un total de 120 à 140 leçons pour chacune des branches de l'enseignement; ce nombre considérable de leçons permet de développer toutes les questions inscrites au programme avec une ampleur suffisante.

A côté de l'enseignement théorique, comprenant pour la section des sciences naturelles plus de 400 leçons réparties en deux années, ou en d'autres termes six leçons par semaine, les travaux ou exercices pratiques ne sont pas négligés. Dans chaque laboratoire, une séance hebdomadaire, occupant de préférence la matinée et dirigée par le professeur lui-même, permet de vérifier la plupart des faits exposés au cours; c'est là que les étudiants apprennent à disséquer, à observer scientifiquement par eux-mêmes, s'habituent, en un mot, à faire des recherches personnelles.

L'enseignement ainsi compris entraîne des dépenses diverses; il faut avoir sous la main des collections étendues et variées, des bibliothèques spéciales dans chaque laboratoire, des microscopes, etc.

Si, à ces différents moyens d'instruction, nous ajoutons des excursions scientifiques, particulièrement nécessaires en géologie, nous aurons dressé le cadre de l'enseignement supérieur classique des sciences naturelles, tel qu'il a été compris et mis en pratique dès l'origine par les Facultés libres (1).

(1) A moins de circonstances exceptionnelles, il est désirable qu'un jeune homme ne se présente aux examens pour la licence qu'après trois années d'études. Sans doute, dès la fin de la seconde, il aura parcouru, en suivant les cours, toutes les matières du programme et acquis des connaissances; mais ces connaissances ont besoin d'être approfondies sur un grand nombre de points, d'être coordonnées et assimilées par un travail plus personnel. Une troisième année est donc, sinon nécessaire dans tous les cas, du moins très utile aux candidats qui désirent non pas seulement acquérir un grade, mais faire des études sérieuses.

Pendant cette troisième année, les étudiants se livreront surtout à des travaux pratiques complémentaires dans les laboratoires, se mettront par eux-mêmes au courant de la littérature scientifique, etc. Ces trois années correspondent du reste très exacte-

Dans ces conditions, nous pouvons affirmer que ces Facultés auront une belle part dans la restauration des études de la nature en France, où elles étaient tombées très généralement, du moins en province, à l'état de cours de vulgarisation.

Nous pensons également que si ces idées sont justes et appréciées comme telles, les hommes intelligents qui s'intéressent au succès des Facultés catholiques doivent veiller à ce que leur réalisation ne subisse ni stagnation, ni ralentissement. Quand une théorie a été admise à la suite d'un sérieux examen, il est de la plus haute importance qu'elle s'incarne dans les faits, que des traditions se développent par l'application d'un type universellement adopté.

Le grand mal dont nous souffrons en France, c'est l'inconstance dans les idées. Sans sortir de notre sujet, nous pouvons bien dire que la question de l'enseignement supérieur libre a mis dans une douloureuse évidence ce défaut de l'esprit français, même chez les personnes animées des meilleures intentions. Au moment où la loi vint en discussion, les catholiques dont nous parlons se firent un idéal exagéré des résultats que l'on pouvait atteindre par cette voie; ils crurent que les nouvelles Facultés allaient aussitôt créer des centaines de docteurs qui, échappant aux conditions ordinaires de l'humanité, changeraient la face de la terre comme celle de la science. Notons en passant que, dans l'intervalle, personne ne se préoccupa de préparer à l'avance le recrutement du personnel nouveau nécessaire pour inaugurer une réforme aussi considérable. La réalité ne répondit pas de tout point à des espérances abusives; aussitôt, chez les mêmes personnes, ce premier sentiment fit place à un autre tout opposé et d'autant plus fâcheux qu'il est injuste, car il est constant que si l'impossible n'a pas été réalisé, de grands efforts ont été faits et ont donné des résultats déjà remarquables; l'avenir surtout a été préparé.

C'est donc l'œuvre déjà commencée qu'il faut poursuivre et développer. Il importe grandement de bien comprendre que le but élevé poursuivi par les Facultés catholiques exige une forte organisation; ce serait faire fausse route de recourir à des simplifications trompeuses. Le type des Ecoles de Hautes-Etudes en particulier, approprié à des circonstances qui ne sont plus et dont on n'a peut-être pas tiré tout le parti désirable, serait en ce

ment au *triennium* qui représente, en Allemagne, le cours complet des études universitaires à la faculté de philosophie.

moment un anachronisme. Il est impossible, avec un personnel enseignant trop peu nombreux et des moyens d'instruction trop restreints, d'atteindre de première main la science elle-même; on se trouve alors réduit à la recevoir toute faite, fréquemment altérée et falsifiée, sans pouvoir la contrôler avec une autorité suffisante.

Insistons encore sur la nécessité spéciale pour les catholiques de maintenir et même de fortifier leurs Facultés de haut enseignement théorique, Lettres et Sciences, parce que cette nécessité est en général moins comprise.

Les facultés professionnelles, préoccupées des applications et des faits particuliers, restreignent naturellement les théories à ce qui est indispensable; elles empruntent fatalement, sinon volontiers, les doctrines et les principes à l'enseignement philosophique. Dans l'ordre naturel toutes les grandes questions dont les ennemis de notre foi abusent contre nous sont de nature philosophique et trouvent leur place dans le cadre des études approfondies dévolues aux Facultés des lettres et des sciences. Bornonsnous à faire remarquer quelle large part revient sous ce rapport à la section des sciences naturelles. Ce n'est pas dans l'arsenal des sciences médicales proprement dites, l'anatomie et la physiologie humaine, la pathologie ou la thérapeutique, que le médecin matérialiste va chercher ses armes, mais bien plutôt dans les sciences naturelles, dont il n'a pris sur les bancs qu'une teinture superficielle, l'anatomie et la physiologie comparées, la paléontologie dont il n'a pas appris le premier mot; c'est également ment sur le terrain des sciences naturelles travesties que certains philosophes modernes élèvent leurs constructions fantastiques, tandis que, par défaut de connaissances spéciales dans le même domaine, les philosophes chrétiens sont réduits à formuler des généralités dont les adversaires se rient.

Il faut bien sans doute se mettre en garde contre les exagérations qu'inspirent facilement les goûts personnels et éviter d'attribuer aux sciences dont nous parlons une prééminence quelconque; mais il reste vrai de dire qu'elles constituent une source d'information dans la recherche de la vérité; que, à une époque où les tendances synthétiques se rencontrent partout, il faut se préoccuper de la concentration des forces qui peuvent concourir au triomphe de la vérité, et qu'enfin les faits sont toujours dominés par les principes.

Il m'eût été facile d'accumuler des témoignages nombreux en faveur de ces idées; il me suffira de rappeler qu'elles ne sont que le développement d'un conseil dont l'autorité me dispense de toute autre citation.

Le 7 mars 1880, le pape Léon XIII, s'adressant à une nombreuse réunion de philosophes et de savants chrétiens, après leur avoir recommandé l'étude de la doctrine de saint Thomas, ajoutait ces paroles très-remarquables :

« *Tandem, sancti Thomæ Aquinatis et in hoc exemplum secuti, in rerum naturalium consideratione strenue adlaboretis; quo in genere nostrorum temporum ingeniose inventa, et utiliter aucta, sicut jure admirantur equales, sic posteri perpetua commendatione et laude celebrabunt.* »

IV

Le recrutement des élèves pour la section des sciences naturelles, dans les Facultés catholiques, ne semble avoir jusqu'ici préoccupé personne. Cette indifférence provient-elle de ce que la question n'aurait pas d'objet, ou plutôt n'est-elle pas une conséquence de l'esprit de routine par suite duquel on ne sort d'une ornière que contraint par une nécessité palpable ? La réponse importe peu ; contentons-nous de rappeler que des cours d'histoire naturelle ont lieu dans tous les collèges ecclésiastiques, que des cours analogues se font également ou devraient se faire dans tous les petits et grands séminaires ; nous pourrons demander alors où se forment les professeurs chargés de cet enseignement dont l'importance et les difficultés ne sont pas contestables.

La nécessité d'une formation préalable pour le personnel enseignant des écoles secondaires constitue une des principales raisons d'être des Facultés catholiques; la section des sciences naturelles y trouve au même titre sa justification, et quand on réfléchit au grand nombre des collèges ecclésiastiques et des séminaires, on peut difficilement penser que ce soit trop de trois ou quatre facultés des sciences disséminées sur le vaste territoire de la France pour diriger les études préparatoires d'un personnel, à n'en pouvoir douter, très nombreux.

Dans un remarquable travail intitulé *les Universités catholiques et la question sociale* (1), M. A. de Margerie conviait naguère les fils de familles aisées au travail, aux études sérieuses rendues faciles par la création des facultés libres; c'est une application de la thèse si bien développée par l'éminent doyen de la Faculté des lettres de Lille que je propose ici. Il reste à faire dans le champ des sciences naturelles de nombreuses et brillantes conquêtes; sous ce rapport de vastes contrées dans les deux mondes sont encore inexplorées ou à peu près. Combien de belles monographies restent à écrire ! Le succès relativement facile en lui-même dépend de deux conditions, de l'argent et des études préalables. La première étant supposée réalisée, la seconde s'offre d'elle-même dans nos laboratoires, ouverts à tous les jeunes hommes désireux d'attacher leur nom à quelque travail utile.

Nous voyons à peu près partout de riches propriétaires dépenser de fortes sommes à cultiver et à reproduire dans leurs serres les variétés et les variations des plantes à la mode qui leur sont vendues par de simples industriels. C'est incontestablement une distraction fort innocente; cependant ne me serait-il pas permis de penser et surtout de dire qu'il y a mieux à faire? Ce goût des panachures, ne se développe-t-il pas au détriment de la botanique, de la science proprement dite?

Les introductions de plantes nouvelles destinées à la culture soit en serre, soit en plein air, se font généralement par des jardiniers qui ne possèdent que la technique de leur profession, aussi c'est bien par hasard s'ils tombent sur des objets réellement intéressants. Les résultats seraient tout autres si les explorations étaient faites par des jeunes gens possédant, avec la liberté de leurs mouvements, des connaissances étendues et le véritable discernement de ce qu'il faut recueillir.

Sans aller si loin, en Europe et même en France, il reste énormément à faire dans le domaine des sciences naturelles. Cependant il convient d'ajouter que les recherches accessibles aux simples amateurs tendent à manquer d'objet; il faut, pour ouvrir des voies nouvelles, s'être préparé sérieusement par des études approfondies d'anatomie et de physiologie comparées.

Dans le passé, la science française compte en histoire naturelle de grands noms : ce sont des traditions qu'il faut soutenir; les familles chrétiennes et riches qui ont fondé nos Facultés vou-

(1) Brochure in-8° Lille, Berges 1878.

dront prendre une part plus intime à l'accomplissement de ce devoir patriotique par les études et les travaux personnels de leurs fils.

Une autre catégorie d'étudiants achèverait de compléter l'auditoire de nos cours d'histoire naturelle, si des règlements officiels n'étaient venus ici comme ailleurs accumuler des obstacles difficiles à vaincre. Dans un même centre universitaire, les étudiants en médecine doués d'une intelligence plus riche, ayant le travail facile, trouveraient un grand profit à développer, plus qu'il n'est nécessaire pour réussir, leurs connaissances en histoire naturelle; malheureusement, depuis le décret du 20 juin 1878, leurs études de première année se terminent par un examen probatoire qui dans le système antérieur était reporté à la fin des études. Il résulte de là que les étudiants s'appliquent pendant cette année, à réunir assez de connaissances pour passer leur examen avec succès et s'empressent aussitôt après de tout oublier pour passer à autre chose, tandis que précédemment les élèves studieux ayant des goûts pour les sciences naturelles, consacraient leurs loisirs et leurs vacances à leurs études de prédilection jusqu'au moment de leurs examens. C'est à cet état de choses que nous devons de voir beaucoup de médecins s'occuper avec succès de zoologie et surtout de botanique, tout en remplissant les devoirs de leur profession; l'organisation nouvelle est certainement moins favorable à ces études particulières, à moins d'arrangements convenus à l'amiable, possibles dans les Facultés officielles, mais dont les Facultés libres ne pourront bénéficier.

Quoi qu'il en soit de ce détail, si l'on réfléchit à la nécessité de ne confier l'enseignement secondaire qu'à des professeurs préparés par de bonnes études à remplir leurs fonctions, si l'on tient compte de la haute utilité d'avoir un enseignement supérieur qui se fasse gloire d'associer dans une union féconde la science et les doctrines catholiques, si enfin parmi les jeunes hommes qui ont de la fortune plusieurs préfèrent à une vie désœuvrée et frivole des études sérieuses, utiles à leur pays, nos Facultés des Lettres et des Sciences, la section des sciences naturelles en particulier moins que toute autre, ne manqueront pas d'élèves.

V

Beaucoup de personnes d'ailleurs intelligentes, mais peu au courant des choses de l'enseignement supérieur, ne se doutent pas de la somme de travail dépensée dans l'organisation si rapide des Facultés libres des sciences. Pour ne parler que de la section des sciences naturelles, les professeurs n'ont pas seulement, comme leurs collègues de plusieurs autres Facultés, à se pré-occuper de la préparation de leurs cours ; mais chacun d'eux est chargé d'un laboratoire dont il a fallu d'abord créer en quelque sorte l'outillage et qui réclame des soins constants. Des collec-tions très diverses ont été formées et ont grandi rapidement ; plusieurs séries ont été poussées très loin et attirent déjà les visites non pas des simples curieux, mais des spécialistes, qui viennent y chercher les éléments de leurs travaux.

Nous croyons qu'il y a beaucoup à faire dans cette direction pour le succès des Facultés catholiques. Il faut développer ces dépôts scientifiques dont les commencements appellent dans l'avenir un concours plus actif. Le professeur très occupé ne peut pas suffire à tout (1) ; mais pourquoi chaque laboratoire ne de-viendrait-il pas un lieu de réunion pour les hommes et surtout les jeunes gens qu'associe un même goût pour la science dont ce laboratoire porte le nom ?

Les catholiques n'ont pas sans doute la pensée d'absorber des sciences qui se meuvent dans l'ordre naturel ; mais il n'est pas inutile, pour la justification de leur foi devant le monde, qu'ils ne restent étrangers à rien de ce qui, louable en soi, peut s'allier avec la pratique des devoirs de la vie chrétienne et contribuer de la sorte au véritable progrès de l'humanité. La pensée de cette harmonie si désirable a été rendue en termes saisissants par Mgr d'Hulst dans la page suivante, que l'on me permettra de citer tout entière : « De bonne foi, disait le recteur de l'Institut catholique de Paris, de quoi s'agit-il dans l'enseignement supérieur, libre et chrétien ? Il s'agit de réconcilier non la foi avec la science (la

(1) Si, en effet, à un cours annuel de deux leçons par semaine, qui demandent une longue et sérieuse préparation, on ajoute la direction des travaux pratiques, également très absorbante, le temps réclamé par l'organisation et l'entretien des collections diverses, les excursions, etc., on voit qu'il reste au professeur trop peu de loisirs pour ses études et ses travaux personnels.

croyance n'a jamais déclaré la guerre au savoir), mais la science avec la foi. Il s'agit de montrer que ces deux puissances de l'esprit peuvent vivre en bon accord. Et vous voulez prouver cela en ignorant l'une des deux, en la négligeant, en la tenant de parti pris en dehors de vos préoccupations, en dehors de vos horizons? Mais vos ennemis auront beau jeu de déclarer le divorce! Ils s'autoriseront de vos exemples. L'accord des deux principes ne se fait pas en l'air, dans le vide ; il se fait dans un sujet vivant et pensant. Donnez-nous des croyants qui soient des savants, ce sera déjà bien. Mais de peur qu'on ne dise : la rencontre du savoir et du croire est ici fortuite et accidentelle, ah ! faites plus. Donnez-nous des savants et des croyants qui aient puisé science et croyance à la même source, qui soient redevables des deux trésors aux mêmes maîtres, alors nous pourrons porter la tête haute, alors nous n'aurons plus peur qu'on dise : la foi tue la science. Mais vous voyez bien qu'elle ne la tue pas, puisqu'elle la produit (1). »

Les catholiques ont sans doute en ce moment beaucoup à faire; poursuivis, traqués par un gouvernement insensé qui dissipe les ressources publiques à combattre ce qui nous reste de vie accumulée, de saines traditions, d'habitudes chrétiennes, ils ont à soutenir des charges qui se multiplient et tendent de plus en plus à devenir écrasantes. Cependant il importe, même dans de semblables conjonctures de ne pas s'égarer dans les détails, de juger la situation dans son ensemble. Or, n'est-il pas évident qu'ici comme ailleurs les principes dominent les applications, que l'intelligence commande à la matière? On s'épuisera en vains efforts à lutter contre le mal dans les régions inférieures, si le bien ne domine pas dans les sphères plus hautes. Comme on l'a démontré surabondamment, la révolution de la fin du siècle dernier fut faite dans les idées avant d'être réalisée par les événements politiques; ce furent les classes lettrées, et non le peuple, qui renièrent d'abord le passé et rompirent violemment la chaîne des traditions. C'est par la même voie que l'ordre peut se rétablir.

Au lieu de suivre une marche déductive, j'ai voulu montrer, à l'occasion d'un détail si l'on veut, d'un épisode choisi au milieu de cent autres sur le vaste champ de bataille où luttent corps à corps le bien et le mal, ce qu'il faut faire à l'heure présente. Le

(1) *Institut catholique de Paris. Rentrée* de 1881-82, p. 20.

temps des longues dissertations, des beaux discours est fini ; c'est la besogne qu'il faut se partager. La tâche est assez pressante pour qu'il n'y ait point d'oisifs ; dans ce cas particulier, nous disons : soutenir les Facultés catholiques par sa générosité est bien, mais il vaut mieux encore contribuer à leur succès par un travail personnel, par un concours plus intime et, par suite, plus efficace.

VI

J'ai donné à entendre précédemment (1) que dans les grands séminaires, outre une part plus large qui est à faire aux sciences naturelles en philosophie, il est possible d'obtenir dans le même ordre de choses des résultats plus importants ; c'est ce qu'il me reste à exposer en peu de mots. Chaque diocèse constitue une unité bien définie, qui doit se suffire autant que possible. Pour accomplir une mission qui est avant tout doctrinale, il est désirable que l'évêque trouve autour de lui, dans le clergé, des hommes préparés de longue main à lui donner un concours utile, applicable à des circonstances très diverses. Parlant de l'institution des séminaires décrétée par le Concile de Trente, l'abbé Rohrbacher disait : « Avec le temps et l'expérience, en combinant les divers degrés de séminaires avec les autres écoles chrétiennes, elle (l'Église) pourra organiser chaque diocèse en académie chrétienne, en université catholique, où toutes les connaissances serviront à la gloire de Dieu : les sciences naturelles, à le faire admirer dans un insecte, dans un brin d'herbe, aussi bien que dans le soleil et les étoiles ; les sciences littéraires, pour annoncer avec plus de dignité sa parole (2). » Aucune expression ne pourrait mieux rendre ma pensée que celle d'*Académie chrétienne* proposée par l'abbé Rohrbacher.

Dans les grands séminaires, le niveau de l'enseignement est adapté à l'intelligence moyenne des élèves, et cela doit être. Il suit de là que les élèves forts ont des loisirs, du temps de reste, comme l'on dit. C'est pour ces esprits mieux doués, capables d'un travail plus étendu et plus personnel, que je voudrais voir se développer

(1) *Contemp.*, janvier 1883, p. 155.
(2) Rohrbacher : *Histoire universelle de l'Église catholique*, 3ᵉ édit., Paris, chez Gaume, 1859, t. XXIV, p. 365.

et prendre corps l'idée des cours libres, des académies, si l'on veut. A côté de ses cours obligatoires pour tous les élèves, chaque professeur pourrait instituer un cours libre en faveur des élèves doués d'aptitudes spéciales. Il ne faut pas penser à obliger tous les élèves des séminaires à apprendre l'hébreu, mais deux ou trois élèves de chaque cours pourraient le faire avec succès. Ce serait une véritable force pour le clergé d'un diocèse; des études spéciales et approfondies d'histoire ecclésiastique, générale, et surtout locale seraient également très intéressantes et très utiles.

Si ce principe est admis, rien n'empêcherait les sciences physiques et naturelles d'obtenir leur part dans cette organisation. Le cours ayant lieu durant trois années, deux fois par semaine, à des heures libres les jours de congé, le jeudi et le dimanche, permettrait de former des hommes véritablement instruits qui, par la force des choses, prendraient plus tard la direction des études d'histoire naturelle dans leurs circonscriptions respectives. Ils acquerraient facilement assez de connaissances et d'ascendant pour réduire au silence les folliculaires ou les fortes têtes de l'endroit, qui voudraient autour d'eux se faire une arme des sciences naturelles contre la doctrine catholique. Ils attireraient au corps ecclésiastique l'estime et le respect des hommes sérieux et instruits ; ils pourraient mieux que beaucoup d'autres, dans leurs relations avec ces derniers, dissiper une foule de préjugés et d'erreurs qui actuellement demeurent sans réplique. A la suite d'essais personnels qui malgré des conditions de milieu peu favorables n'ont pas été sans aboutir à quelque succès, je suis persuadé qu'il y a beaucoup à faire dans cette direction. La grande sauvegarde du prêtre dans le monde, c'est le travail ; or, dans maintes circonstances, les devoirs du ministère ne suffisent pas pour absorber son activité ; ne sera-t-il pas heureux de trouver alors dans ses études de prédilection de nouveaux moyens d'être utile et d'honorer le corps auquel il appartient ? Je suis de ceux qui pensent que si le but est le même pour tous, la diversité légitime des moyens ressort de la variété en quelque sorte infinie des facultés et des aptitudes que Dieu a départies à ses créatures.

4528 — PARIS. — IMPRIMERIE F. LEVÉE, RUE CASSETTE, 17.

www.ingramcontent.com/pod-product-compliance
Lightning Source LLC
Chambersburg PA
CBHW072218210626
46818CB00014BA/2773